projeto gráfico **Frede Tizzot**

ilustração da capa **André Coelho**

edição e revisão **Julie Fank**

este livro foi escrito e composto como resultado e a partir da proposta da oficina Escrita Criativa e outras artes, ministrada pela escritora Julie Fank na Esc. Escola de Escrita no ano de 2020.

C 262
Carazzai, Daniélle
Aqui tudo é pouco / Daniélle Carazzai. – Curitiba : Arte & Letra, 2022.
92 p.
ISBN 978-65-87603-32-2

1. Ficção brasileira   I. Título

CDD   869.93

Índice para catálogo sistemático:
1. Ficção: Literatura brasileira   869.93
Catalogação na Fonte
Bibliotecária responsável: Ana Lúcia Merege - CRB-7 4667

ARTE E LETRA
Rua Des. Motta, 2011. Batel. Curitiba-PR
www.arteeletra.com.br

Daniélle Carazzai

Aqui tudo é pouco

exemplar nº 237

Curitiba
2022

para diego

parece que realmente nos tornamos oceano
sabemos quando resistir e quando soltar
mas não nos perdemos de vista, nunca

agradecimentos

À Julie Fank que com sua Esc. Escola de Escrita provou que era possível. À Alice Lira Lima, Ângela Maria Silva Hoepfner, Camila Ziller Villela Gomes, Fernada Avila Ferreira, Letícia Guimarães, Luana de Salles Penteado, Marion Bach, Marta Regina Savi, Patricia Canever Papp, Patrícia Meyer, Paulo Eduardo Gonçalves e Thiago Drumond Moura por serem corpo desta construção literária.

Ao André Coelho, por ser o artista perfeito para esta capa.

Ao Rodrigo Ramirez pela paciência e pelos questionamentos assertivos. Ao Diego Carazzai Tavares por existir e por ser meu leitor mais crítico e mais importante.

Lá nada é muito

Por Julie Fank

Esta história tem aquele jeito de andar que não nos deixa enganar: sabe muito bem aonde está indo. E não é como se Daniélle Carazzai tivesse tirado molde e impresso na cerâmica um produto que se vende em série ou, como por mágica, forjasse semelhança entre aquilo que faz com as mãos. Feito de materiais naturais, terra, vida, morte, correios, cemitérios e jornais, é ele, este livro, a própria imagem dos tênis pendurados nos fios de luz, fantasia de criança realizada pelo protagonista assim que a saída se apresenta. Que saída?, você se pergunta. É, ela não está sinalizada e talvez não seja novidade dizer que não há, é bem possível que não haja saída.

Nesta peregrinação por um mundo devastado, ficamos nós também com saudades de um mundo que chegou à borda, até percebermos que também fazemos coro aos argumentos de Inácio, tão decepcionado com a realidade à sua volta que não se curva a ela. Ao fazer as pazes com a morte, constatar que não sonha mais e fazer arranjos de sobrevivência que incluem inventar as próprias notícias, Inácio deixa cada vez mais nítida uma narrativa de ausência. Teria sido ele capaz de viver em um mundo em franca potência, onde a fluidez das relações não dava tempo ao descanso da pálpebra? Ceder à organicidade da vida também exige um certo malabarismo com as mãos e a ausência completa de. do quê? Não se sabe exatamente a fórmula, mas é possível espiá-la: só a austeridade o levou à improvável sobrevivência. A que custo, no entanto. As porcelanas branquinhas não interessam a esse narrador, Inácio, a quem nos afeiçoamos à primeira estante, um intransigente autossuficiente afeito aos cinco sentidos e suas costuras.

Gosto da ambiguidade da palavra que dá título à segunda parte em prosa do livro: entregue, que significa despachada e vulnerável ao mesmo tempo. A palavra despachada, por sua vez, significa sem inibições, extrovertida, o exato oposto de nosso primeiro narrador. É quando encontramos José, narrado por um narrador que sai de si, disposto ao encontro. Ele, um coveiro, e apesar de trabalhar movendo-se pela terra, quando pode, vai e vem pelas ruas da cidade que o abriga. Seu narrador nos lembra que não há muitos motivos para que ele seja esperançoso: *"Sobreviver nesse país se sobrepõe a qualquer esperança. Mas há alegrias. Poucas e suficientes para José se manter vivo.".* Ele é teimoso e é só isso que o faz conhecer Sara, alguém de "costas e coisas doídas", acostumada também ela a andar por aí cidade adentro, espelhando endereços, uma carteira. Mal sabem que os dois tiveram, na vida, um arranjo em comum, um duplo, um irmão para chamar de gêmeo. Mas tudo some um dia, nos lembra o narrador, até mesmo os irmãos.

A terceira parte do livro nos reserva pálpebras apertadas e notícias imaginárias que se encaixam na distopia que já se desenhava lá no início. E, de novo, as mãos. Pudera, uma ceramista e jornalista deixa à mostra os vãos entre os livros que resolveu carregar consigo, todos sabem. Os sobreviventes dedos polegares e o indicador em formato de pinça - ou arminha? - são o que sobra de corpos desumanizados pela ausência de memórias, no plural. É possível guardar só uma e a mais importante, é preciso fazer uma escolha, é preciso. E como é preciso este texto que se desenha a partir das três partes tracejadas por um fio condutor com notícias que passeiam nesta linha do tempo nebulosa, esboço de uma sensação que nos domou na pandemia e ainda não saiu dos nossos corpos. Este narrador, um amálgama de tempos distintos, nos confessa: não conhece a própria voz, acha que algumas histórias não são dignas de registro e tem medo de que sua interlocutora não siga até o final com ele, como se enfadonho. Ao contrário, sua rotina nos faz ceder ao que se contempla. Eu quero, sim, saber o que acontece depois do fim, na borda.

Sua narrativa queda às temperaturas nada amenas dos fornos que queimam o barro à imagem e semelhança de sabe deus quem, na tentativa de saírem do atoleiro divino das novelas detentoras de uma mensagem otimista que se enrodilha para o sol dizendo amém. No áudio, os versos de Paulo Leminski, *"Hoje eu saí lá fora/ Como se tudo já tivesse havido/ Já tivesse havido a guerra/ A festa já tivesse havido/ Eu só fosse puro espírito."*. Neste texto, dia e noite são um brinquedo, uma charada, um chiste. *Tempo, tempo, Mano velho* anestesiado, sério candidato a uma interdição com o destino, deságio contumaz contra as vidas invictas.

E, tendo visto este texto nascer, posso também dizer que leio também as camadas, feito sedimentos em complô contra a montanha que se diz uma só, grande e imponente. Este texto, múltiplo dos textos que autora leu, combinação dos textos que a leitora escreveu ao longo de nossa oficina, desalinho entre as notícias que se fizeram melodia nada harmoniosa durante a pandemia, compartilhada entre a gente em tantas conversas angustiantes que emolduraram a escrita que se apresenta aqui, neste lugar onde tudo é pouco, sai à margem e à borda quando inscreve uma carteira, ela própria uma escrevedora de cartas, como personagens deste mundo que ficou, escrito por esta escritora que inaugura sua prosa de fôlego. E não só. Inácio com seus olhos afiados, José com sua faca amolada, os seres híbridos do fim com suas unhas pontiagudas nos fazem companhia. Como se de lá nunca tivessem saído, viram eles guardiões desse pouco que restou, quase como um lembrete: o relógio é um brinquedo, o tempo é nossa única oferenda. *Patacori Ogum Ye, Patacori Ogum.*

Julie Fank é escritora, artista visual e professora - e passou a contar o tempo de outros jeitos depois de conhecer Inácio.

Mulher recebe carta misteriosa para homem que viveu em sua casa há 100 anos. O postal tinha como destinatário Roy MacQueen, que morou até 1930 na residência de Brittany Keech | 2020

AUSENTE

Ontem percebi que meu vizinho há dias não aparece em casa. Não que eu tenha saído para bisbilhotar a vida alheia, que isso é coisa que nunca fiz. Na verdade já fiz, quando morava no apartamento da minha avó. Ali era uma questão de sobrevivência, pois a síndica ao lado me oferecia narrativas diárias sobre o comportamento dos condôminos e isso é material vivo para a escrita. Pois aconteceu que notei por conta dos jornais empilhados à entrada – eu, que tive a assinatura do periódico cancelada por falta de pagamento, pensei até em inventar uma traquitana para pescar aquelas palavras tão caras em tempos de isolamento. Certamente faltaria alcance. Daqui do terceiro andar desse prédio sem elevador até a porta da casa térrea do Camilo é uma vida.

Voltei meus olhos para dentro. A luz já encostava na borda das lombadas dos livros que arrumei ontem por ordem alfabética dos autores. No dia da afrodite foi por cor. Os discos de vinil fiz por épocas da vida, infância, adolescência, vida adulta. Pensei que seria bom escolher a música para o meu funeral, caso eu não sobreviva. Vi num filme, que também tratava de isolamento, embora por motivos menos trágicos, uma despedida que me faria feliz – mas seria inviável, porque não tenho nem filhos nem ônibus azul. Atualmente ter vaga em cemitério é luxo. Por falar em luxo, me desfiz de quase tudo na casa. Fui distribuindo para quem precisava mais do que eu. As pessoas iam vendendo para fazer um dinheirinho, para trocar por comida ou sabão ou cerveja vencida. O colchão, a geladeira e o fogão ficaram. Livros, discos, o computador sem internet e a vitrola muda.

Por conta dessa minha casa que virou quase acampamento é que resolvi fazer da janela o meu mundo virtual. Porque tudo o que acontece lá fora é meio distópico agora. Busco um livro na estante e converso com o Souza, tomando um café com pão amanhecido. Ele me conta que lá em São Paulo não chove há bem mais tempo e que os efeitos colaterais estão mais severos – tanto o da seca quanto o da autoridade vigente. Eu tenho medo de começar a colecionar meus próprios textos sem sentido como a Adelaide fazia com os calendários. Aliás, se tem uma coisa que não faz mais sentido é contar os dias. Com pena do Souza, juntei capas de alguns LPs sem discos e construí um ventilador. Só para ele sentir o vento de novo.

Como não tenho acesso ao noticiário, invento minhas próprias manchetes, subtítulos e reportagens. Assim eu garanto um pouco de sanidade e também não enferrujo a língua, a portuguesa e a muscular. Sim, porque eu gosto de narrar minhas histórias. Leio para mim mesmo como se fosse apresentador de telejornal – coisa mais antiga. Acho que vou começar a contar tudo como youtuber, que talvez fique interessante e mais contemporâneo. Pensando nisso, já comecei a customizar umas roupas usando os pijamas mais velhos, a cortina do box, o papelão e as sacolas plásticas que insistem em me mandar do mercado. Já falei mais de mil vezes para mandarem tudo sem embalar. Não adianta. Por isso é que a gente continua nessa merda.

Notei que não tenho mais sonhado. Eu costumava sonhar muito, geralmente sonhos cinematográficos e trágicos. Vai ver que é porque a vida se tornou isso, um filme de horror. Aí não tem mais graça sonhar. O meu cachorro costumava sonhar. Dava para saber porque ele, deitado de lado, mexia as quatro patas como se estivesse correndo. Cada vez que eu via isso, inventava um sonho para ele e comentávamos mais tarde. Ele parecia concordar, então acho que tive bom percentual de acertos. Nunca soube se ele sonhava em preto e branco como dizem.

Porque também nunca imaginei uma história colorida para ele. Eu gosto muito dos tons terrosos, acinzentados, escuros. Então minha paleta não faria grande diferença.

Devolvo Não Verás à estante. Olho com calma. Eu já li tudo ali, mas não me lembro de metade. Escolho por essa falha de memória. Tive um amigo que era muito rico e que resolveu passar a vida lendo enquanto sua fortuna aumentava exponencialmente – palavra da moda no início da pandemia. O problema é que ele começou a misturar as histórias. Começava a contar que virou uma barata e terminava quase fuzilado em Macondo. Eu gostava porque virava um outro livro. Um dia posso criar algo assim, baita sucesso, certeza.

Quando vejo o exemplar com capa dura de Dom Quixote me lembro que ainda não redigi o jornal de hoje. Corro para a janela. Os jornais do Camilo ainda estão lá. Tento pensar em outra coisa. Olho para avenida vazia e cheia de lixo. Deve ter muito rato. Eu não enxergo detalhes – sabia que tinha de ter feito óculos assim que soube da pandemia. Vacilei. Agora aperto as pálpebras e só consigo exercitar as rugas. Lembro de alguns livros que tratavam das ruas de Paris com cheiro de mijo. Mas aqui ninguém mija, aparentemente não sobrou gente das categorias mendigo ou andarilho na cidade. Ratos, sim, sobraram aos montes. As garças e os macacos do Passeio Público ganharam a cidade e desfilam das quatro e meia até mais ou menos oito da noite. Agora que estamos no inverno, acho bonito ver o branco límpido das aves contra o céu azul. Tem sido a única poesia avistada da janela.

Quatro horas olhando por esse retângulo vazado. Quase nada para noticiar. Resolvo me concentrar na previsão do tempo. Construir uma bem fictícia, que surpreenda a mim mesmo. Lembrei de alguns filmes e a descrevi o mais verossímil que pude. Não cito mais os dias porque eles perderam a validade. Inventei uma nova forma de falar sobre a passagem do tempo. Parto sempre de um objeto, de uma deusa grega, do nome de uma estrela, de um fato corriqueiro. Hoje, por exemplo, foi o dia de são paulo – porque tive essa conversa matinal com o Souza. Amanhã, data para a qual farei a previsão climática, será o dia dos moinhos – já que ainda não cheguei na parte em que Sancho Pança (quase) acredita que eles são gigantes. Pois bem, no dia dos moinhos, o clima estará seco como pele e osso de cachorro de rua. Não, cachorro de rua tem comido bem. Seco como a boca da gente. Melhor, como o coração da gente.

Outro detalhe importante sobre o tempo – esse inventado por mim – é que ele não se restringe às vinte e quatro horas, como era antes da pandemia. Vale pelo período em que o tema me interesse ou até que se esgotem as possibilidades criativas sobre o assunto. Escrevo compulsivamente. Falo na mesma frequência. Vez por outra sinto dores na garganta agravadas pela falta de umidade e pelo ar sujo que nos rodeia. As farmácias só vendem álcool e cloroquina e para dor na garganta não servem nem um nem outro. Se bem que quando eu era criança a minha mãe embebia um lenço com álcool e amarrava no meu pescoço. Mas acho que era para tosse. Quem sabe eu tente isso um dia desses.

Estou quase no limite de gastos para o período dos moinhos. Mas isso me preocupa menos do que a falta de notícias para o meu jornal diário. Na ânsia de criar um fato novo, os jornais à porta do Camilo não me saem da cabeça. Que tipo de inverdades teriam escrito ali? Precisaria de um binóculo para conseguir enxergar pelo menos um trecho de manchete, parte de uma fotografia, algo que ativasse minha imaginação. Já escrevi sobre tudo o que há – ou havia – na casa, sobre as pessoas que conheci, sobre a pessoa que fui e que me tornei, sobre os traumas de infância, a família e os amores que perdi, e também sobre os tantos personagens com quem converso a partir dessa estante. Quem me deu a ideia dessas conversas fictícias foi um estilista que tomava café com personalidades mortas. Achava bonito esse diálogo afetivo pandêmico porque naquela época ainda sentíamos alguma coisa.

Quando se aproximava o novo dia do meu tempo particular, notei que havia dois exemplares a menos na pilha do Camilo. Ninguém nas ruas. E cachorro não foi porque não havia rastro de plástico e papel por perto. Resolvi que passaria mais horas na janela. O entregador-astronauta joga o diário plastificado exatamente às seis horas e cinco minutos. São dezenove exemplares, menos dois, dezessete. O Camilo ainda não apareceu. Pode estar morto em casa, ou fora dela, pelo caminho daquele emprego temporário que conseguiu no call center do supermercado. Agora tenho que pedir o pouco que posso comprar para outro atendente. Não consigo decorar os nomes porque cada vez é um diferente. Para o Camilo eu ligava direto. Os orelhões voltaram a funcionar porque os celulares foram considerados objetos de alta periculosidade. Cada um tem quinze minutos para usar (ou não) e o calendário é divulgado pelo sistema de som às nove. Só restam quinze nomes no meu bairro, três homens e doze mulheres.

Não lembro da sensação da espuma da pasta de dentes na boca. A que eu mais gostava era a de canela. Sinto falta de algumas coisas, de muitas na verdade.

Fui aprendendo a me contentar com pouco. Aqui tudo é pouco. De vez em quando me sinto num enorme deserto e imagino que em algum lugar, algum pássaro mais migratório do que essas garças deve saber onde há terra fértil. Acho que esse mundo do agora já esteve na literatura dos anos oitenta, nada de novo no front. A gente só não se preparou como devia. Falando em preparação, resolvi investigar melhor o desaparecimento dos jornais do Camilo. Não me conformo com o sumiço.

Passei um período curto remendando com silvertape a minha indumentária alegórica para ambiente externo. O problema é não ter autorização, porque isso de ir até a casa do Camilo não está na lista de serviços essenciais do governo. Eles nem inspecionam mais as residências sem movimento. Dá trabalho, não tem pessoal e nem covas suficientes. Em princípio, minha intenção é coletar os jornais. Não pretendo saber o que se passa na vida alheia, problemas que não me pertencem e que não tenho condições de solucionar. É como a gente fazia nas redes sociais, protestos do sofá que não davam em nada, mas a gente se sentia participante de alguma coisa. Barramos alguns projetos de lei e impedimos as provas do exame nacional do ensino médio no primeiro ano da pandemia. Não foi o bastante.

O melhor horário é pouco antes de o astronauta chegar. Assim já tenho o jornal do dia. Isso me deixa tão excitado, que mal consigo pensar. Habitualmente durmo pouco. Às quatro começo a me vestir. Pensei em seguir pelos fundos. Não sei se algum dos sobreviventes observa a casa como eu. Se houver uma denúncia, posso ser desmagnetizado. E isso nunca é bom. Sinto uma dor no peito, falta de ar – mas sem tosse, o que elimina um diagnóstico de vírus. Não posso me adiantar, existe o momento exato. Ouço o som baixo da bicicleta, o farfalhar do plástico, o voo e a queda. A mochila deu conta. No último instante, olho pela janela. Parecia uma estante de livros.

Começou o dia de helena, esse período provavelmente será mais longo do que os demais. A Helen foi minha terapeuta durante dez anos. Eu, que sempre tive aversão aos diálogos – com exceção dos literários –, um dia me sentei e comecei a esmiuçar a vida. Cutucar ferida com vara curta. Sangra. Helena é para me fazer lembrar dela, só que com um a no final. Porque sempre tem algo oculto na gente. No caso dela é uma vogal.

Em uma das sessões – eu sempre jurava que não iria me emocionar – falei sobre um amigo de faculdade. Na verdade, eu achava que ele era meu amigo, eu desejava sua amizade. Ele de vez em quando fazia um afago, me mantendo interessado. Descobri que isso é o que se faz com os cães, para adestramento. Doeu bastante, mas depois foi bom, embora eu continuasse aceitando algumas migalhas. Tinha altos e baixos, até que ele morreu. Eu não fiquei triste e achei que estivesse curado. Eu nunca mais tive um amigo.

Antes, quando eu podia me conectar com o mundo via www e arrobas, tudo parecia movimentado, frenético eu diria. Uma pressão na cabeça. Não no peito, como agora. Mas eu prefiro no peito. Porque ali está o coração e se aperta o coração é porque ainda há alguma humanidade. Assisti a tantos filmes, lives e documentários sobre o futuro que acabei desconectado. O número de mortos parecendo episódio de série zumbi. Entrei em coma emocional. Acho que muita gente também sentiu isso. Fomos levados pela maré até que atolamos em algum ponto. E permanecemos tentando apenas respirar. A anestesia pegou.

Resolvi começar as notícias pelo começo. Quer dizer da mais antiga para a mais recente. Mais para degustar uma passagem de dias convencional, poder ir acompanhando um assunto aos poucos. Existe um caderno inteiro dedicado ao obituário, com letras miúdas. Eu começo por ele porque pode haver alguém conhecido, embora eu duvide. Fico incomodado porque não é organizado por ordem alfabética e nem por faixa etária. Então, vou recortando um por um e montando novamente em folhas de sulfite. Começo com um bebê recém-nascido portador do vírus, a mãe sobrevive – conclusão minha, pois não encontrei o mesmo sobrenome entre os demais listados. Várias páginas dedicadas às crianças e aos idosos. Os de idade intermediária também renderam um álbum deveras espesso, mas um pouco menor. Ninguém conhecido nesse dia de novembro.

Quando contei a Helen sobre a morte do meu primeiro cachorro, chorei de soluçar. Por vários meses me senti vazio, amuado. Acho que carrego aquela morte até hoje. No entanto, essas todas que vieram depois não me causaram comoção parecida. É mais como uma pedra que vai ficando mais pesada e a gente insiste em carregar como se não estivesse fazendo força. Mas os dedos já estão machucados, os ombros arqueiam e respirar é mais difícil. Ninguém nota esse pesar quase mineral. Nem nós mesmos. Tenho a sensação de ter me tornado Júpiter, gasoso mas pesado e com boa parte do meu cérebro transitando entre o hidrogênio e o hélio. Lá o tempo também é diferente, rotação em dez horas. Por falar em rotação, eu acho que gostava de dançar. Sem a vitrola, as músicas acontecem em silêncio, de memória. Maria Bethânia, há quanto tempo não sei de você.

Passei pelas outras editorias do jornal. A boa notícia é que tenho dezoito dias de novidades pela frente. Novidades velhas, é verdade. Mas novidades. O papel quase desmancha porque a madeira foi praticamente extinta – diz aqui na página vinte e sete – e esse material novo é mais poroso. Sem umidade se conserva bem, mas é necessário embalar por conta do cheiro. Não me atenho às notícias como se fossem verdade, pois são porta-vozes de personas non-gratas. Leio mais como um radar ao contrário. Se estão punindo certas liberdades, sei que ainda existem.

Houve o caso de uma moradora de rua que foi apontada como a última de sua espécie. Ela coletava lixo e construía casas. No entanto, ninguém mais precisava dos abrigos, pois as pessoas minguaram. Então, ela passou a construir armas. Mas aí não podia. Estabeleceu uma trincheira que foi facilmente posta ao chão. Apenas citam que era Maria e que tinha cinquenta e sete anos. Também parece que agora a tecnologia é muito mais potente. Mas quase ninguém tem dinheiro para comprar. Quando eu ainda tinha, vivia conectado aos satélites da N.A.S.A. Demorava tanto pro cenário mudar que a gente parecia estar lá junto, olhando o espaço pela janela. Com o tempo, também adotamos uma alimentação racionada, o isolamento e as roupas de proteção. A minha eu fiz com sobras de um balão que contratei para comemorar os cinquenta anos. O dono da empresa me deu de presente. Ficou bem psicodélica e mal feita porque não tenho máquina de costura e à mão não sei costurar. Fiz tudo com fita adesiva extra-forte mesmo.

Saiu uma pesquisa indicando que o número de mulheres sobreviventes à pandemia chegou ao mais baixo índice dos últimos seis meses. O estudo aponta que algumas desapareceram – e que não se sabe se continuam vivas. Sempre foi uma relação injusta para o lado delas – eu demorei para perceber. Foi quando fiquei sozinho e comecei a fazer terapia. Esse tempo de helena me faz pensar no quanto poderíamos, como homens, ter sido menos. Menos arrogantes, menos dominadores, menos covardes. A gente sempre teve muito medo de perder lugar para mulher. E isso já era um forte indício da nossa fragilidade. Ainda pode ser que sejam justamente elas, as poucas e fortes e visionárias, que nos conduzam daqui em diante. Eu não acredito em deus, mas tenho fé.

Resolvi não ler os exemplares de ponta a ponta. Para ter cartas na manga. Passo para o segundo, terceiro e vou ao caderno de cultura, que ocupa míseras duas páginas do tabloide. Fora alguns anúncios de shows transmitidos online, descobri que o teatro, para minha surpresa, tem sido a manifestação mais inovadora desse mercado. As pessoas, por meio de um aplicativo, baixam o cenário da peça e podem projetá-la em uma parede. Então, existe uma lista dos personagens e cada qual escolhe o seu – imagino que seja como nos jogos de computador. Decoram os textos e se reúnem virtualmente para os ensaios. Para a apresentação, vendem ingressos online e os espectadores podem assistir por meio de realidade aumentada em tamanho e tempo reais, com todos os atores em cena por meio de imagens holográficas. E há ainda a opção de aplauso, ao final – quem gostou aperta o ícone. Parece programa de auditório, só que sem o animador de platéia.

Cheguei ao quinto jornal. OS IMUNES E/OU ISOLADOS HÁ SEIS MESES JÁ PODEM SAIR DE CASA – isso foi quando, meu deus? Quer dizer que todo mundo já saiu menos eu? Como é que não tem praticamente ninguém nas ruas que vejo da janela, nem carros circulando? Pulo pro jornal fresco. Há dois meses – no tempo real – o isolamento foi cancelado por conta da descoberta da vacina. Blábláblá. Em Curitiba as pessoas migram para os bairros mais abastados e ocupam as casas. Supermercados, shopping, restaurantes e cinemas reabrem. Embora a população tenha diminuído em 70%, as primeiras semanas são de lotação nos estabelecimentos comerciais e culturais. Não é possível! Será que o Camilo sabia e não me avisou? É capaz de ter ficado tão eufórico que largou tudo para morar no Batel. Passei um tempo sentado no chão da sala, besta.

Vou até a cozinha procurar umas moedas para a passagem de ônibus – uma vez por dia passa um caindo aos pedaços aí em frente, com dois ou três gatos pingados dentro. É óbvio que não preciso mais de autorização para sair de casa. Junto o que tenho em uma mala pequena – daquelas que as companhias aéreas exigiam para levar na cabine. Cabe o que tenho e sobra espaço. Resolvo levar a roupa de astronauta por via das dúvidas. Ando ressabiado. Nem sempre fui assim. No início da pandemia, por exemplo, eu seguia as regras de segurança e achava que estava devidamente protegido, não ficava com esses medos que agora me assolam. Entretanto, a partir da mudança dos parâmetros de sobrevivência, e talvez por minha idade ter avançado, me tornei meio cagão.

Quase uma hora para me preparar oscilando entre euforia e tensão. Observei atentamente cada milímetro da roupa de astronauta para ter certeza de que não havia um microfuro sequer. Porque eu realmente não sei o que vou encontrar lá fora depois de tanto tempo. Fiz a barba com lâmina velha, escovei os dentes, tomei banho. Água fria que aqui ninguém tem o privilégio de acalentar esperança, que dirá conforto. Para comer, duas barrinhas de cereal, um fandangos. Uma coca lata. Melhor não, água. Coca quente não dá. Achei bom tudo acontecer no período de helena. Pode me trazer certa estabilidade emocional. Nem eu acredito nas verdades que me conto.

Porta, escadas, rua. Ponto de ônibus. Ainda ninguém à vista. Olhei os horários afixados no painel acrílico. Três minutos. Comecei a ter dificuldades para respirar, um início de pânico, vontade de voltar correndo para casa. Só dois minutos. Tentei aquela respiração de yoga que aprendi na internet, melhorou um pouco. Um minuto. As mãos úmidas e... o que vou dizer ao encontrar alguém? Dez minutos. Vou até o meio da rua e olho o entorno. Não consigo ver se tem alguém nas janelas dos prédios, especialmente no meu. Parece tudo abandonado. Vou voltar, quem sabe outro dia.

Resolvi esperar o sistema de som para confirmar quantos ainda restavam por aqui. Não prestei mais muita atenção nisso porque não tenho ninguém para telefonar. É engraçado como existem sons que a gente vai assimilando e é como se desaparecessem. Eu lembro que li uma vez sobre ruído branco. Parece que é um tipo de som contínuo – como o som de chuva, por exemplo – que supostamente apaga os demais. Aí você só escuta a chuva. Até um ponto em que não ouve mais nada. Nunca testei e também acho que não tem nada a ver com eu não prestar mais atenção no sistema de alto-falante. Quase não existe mais nada branco.

Dormi mais do que o normal. Estou feliz por ter ficado. Preciso comprar café e açúcar. Um pouco de pão faria bem, mas nem sempre trazem. O abastecimento tem sido menos regular e o pessoal do movimento sem-terra é o único que ainda aparece com suprimentos. O supermercado em que o Camilo trabalhava fechou. Quase tudo fechou. Todo mundo deve estar trabalhando lá nos bairros abastados, a vida como antes. Eu aqui, vivendo como? Passo os dedos percorrendo a estante. Paro em Saramago. Realmente me sinto cego, faminto, um tanto humilhado. Um ensaio que não sai do papel. Não passa da porta. Comecei a desenhar nas paredes. Eu sempre quis pintar telas grandes e não tinha espaço. Agora não falta.

Certeza que o Camilo não volta mais. Os jornais pararam de chegar. Os cachorros também sumiram já que as latas de lixo não tem quase mais nada comestível.

Vou me mudar. Decidi faz uns dias já. Não tenho mais condições de viver assim. Esses personagens todos já não me sustentam, os diálogos emudeceram. Conversar comigo está cansativo, eu preciso da novidade. Será que alguém ainda escreve livros? Poemas? Os únicos que me acompanharão são Kafka e Kundera. Achei que são os mais adequados para a viagem. Destemidos de virar inseto repugnante ou deparar uma autoestrada estagnada. O espanto faz parte do repertório e certamente haverá surpresas.

Repito a operação mochila, revisão da roupa de astronauta, água, barrinha de cereal – as mesmas da outra vez, faz pouco que expirou a validade. Barba, banho, escovar os dentes sem pasta. Achei um livro antigo sobre plantas alimentícias não convencionais e descobri que dava para fazer um combinado que servia para melhorar o hálito. Juntei os matos que tomaram conta da floreira na janela, pois dois deles batiam com a descrição. O gosto era horrível. Já me acostumei com cortes de cabelo extravagantes, sinto-me Bowie cada vez que invento moda nos fios ainda fartos da cabeça. Foi o único prazer que mantive no isolamento, esse cabelo longo. Quase todo mundo raspou a cabeça como reação ao tédio, ou por um desejo reprimido, ou ainda por pura assepsia.

Não será possível ir de ônibus. Calculei que para chegar ao centro da cidade vou caminhar aproximadamente duas, até três horas. Vim para esse apartamento pouco antes do lockdown. Acho que queria mesmo me afastar um pouco do movimento. Irônico. Era o lugar perfeito para escrever, prédios baixos, bairro residencial, embora um pouco simplório. Um dos únicos lugares que ainda tinha leite entregue no porongo, vindo da fronteiriça e agrícola região metropolitana. Aqui também os vizinhos se chamavam pelo nome, nem parecia Curitiba, a capital mais antipática do Brasil. Mas os nomes anunciados pelo alto-falante nunca me soaram familiares.

Engraçado pensar que ao assistirmos um filme de apocalipse, invasão alienígena, zumbis comedores de gente, sempre imaginamos que somos os heróis. Na vida real não tem herói nenhum. A gente se fode mesmo e geralmente somos os primeiros a morrer. Eu mesmo não sei como ainda estou respirando. Isso que tive asma na infância. Passou. Ela não se curou exatamente sozinha. A benzedeira amiga da minha avó fez umas infusões e ensinou para minha mãe alguns rituais de relaxamento. Eu gosto de acreditar que essa foi a minha cura. Imagino que possa colocar esse acontecimento em algum livro um dia ou contar ao meu filho numa história para dormir bem floreada.

Estou querendo não olhar para trás. No entanto, penso que não é possível começar uma vida do zero – e acho que Mattia Pascal concordaria comigo. A gente fica sempre com medo de tropeçar nas memórias, dar um encontrão com algum trauma ou cair de amor, de novo. Uma professora me disse certa vez que o deus Jano – que deu origem ao mês de janeiro – tinha olhos também na parte de trás da cabeça. Assim, olhava para o passado e também para o futuro. Lembrei disso porque embora eu queira que a pandemia seja varrida definitivamente do mundo, não posso negar que ela trará um renascimento para os sobreviventes. Eu mesmo sou outro. E então, eu já não estaria vivendo no futuro? Essa vida meio anônima, meio nova, mas com a bagagem de antes e uma ponta de esperança? Diferente nem sempre é melhor, prefiro diversa.

Quando minha fatura de internet ainda estava paga, eu vasculhava os novos escritores nascidos do isolamento. O gênero diário era quase unanimidade, seguido de poesia e microcontos. Era interessante – palavra proibida! – saber como os outros estavam lidando com a novidade do século. Sim, porque o vírus chegou praticamente 100 anos depois do anterior. Resultado, a gente não aprende. Vontade de dar uma de louco e começar a acostumar com distopia. Mas essa também é uma palavra que praticamente perdeu o sentido. O absurdo se tornou prato do dia. Um PF de obscurantismo, por favor.

Depois de tanto refletir e tomar a minha última decisão dentro desse apartamento, inauguro o tempo de ogum. Não que eu tenha religião, mas me pareceu apropriado iniciar a caminhada acompanhado desse orixá. Coragem e proteção, não custa nada me iludir já que preciso de alguém mais poderoso para me empurrar porta afora. Vou logo após um café com bolachas, as últimas por sinal. É doído despedir-me, fico mais um pouco. Sinto-me abandonando um porto seguro, embora nada mais seja seguro nessa vida. Deixo meus desenhos como registro da minha passagem, meus livros, discos, como legado. Alguns pertences e uma foto colada com durex no espelho do banheiro para provar que eu existo. A última olhada pela janela e resolvo deixar a mais recente edição do meu noticiário particular para ninguém. Num pequeno papel que encontrei entre os livros, escrevo um poema singelo e que fala de amor, só para treinar.

Encho os pulmões desse ar derradeiro. Vou-me, ganho a rua vazia, silenciosa. Começo a andar. Concentro-me em duas coisas, em dar os passos e em respirar. É o que posso fazer para conter a ansiedade e não desmaiar ou mesmo morrer do coração nesse fim de mundo.

Não seria justo. Nada foi justo. Tenho para mim que esse seja o sentimento das mães quando seus filhos se tornam independentes. Resta um desamparo emocional ao mesmo tempo em que reina uma felicidade pela autonomia e liberdade que elas foram capazes de oferecer, embora despedaçadas. A gente é mesmo isso, um amontoado de pedaços colados, remendados, costurados com fios de seda. Invisíveis.

Sei apenas a direção a tomar, não olho para os lados, olho para frente. Não consigo distinguir bem o caminho, mas ainda estou no bairro de casas e prédios baixos. Isso quer dizer que não cheguei ao centro. O relógio de pulso que me acompanha está parado porque nada resistiu ao isolamento. Morreu de tristeza, o tempo não teve mais importância. Volto a calcular as horas como escoteiro. Pela posição do sol devo ter umas três a quatro horas até o crepúsculo. Seria melhor ter trazido uma bússola. Minha sombra me mostra alguém mais curvado e magro do que o espelho que abandonei.

Reparo que meu tênis está praticamente novo. Foi minha última aquisição antes da pandemia, e só porque o velho estava em condições muito precárias. Inútil até para doação. Fiz com ele o que sempre quis, amarrei os cadarços com um nó bem forte e o joguei para o alto com força suficiente para se agarrar aos fios de luz da rua onde eu morava antes de vir para o apartamento. Uma forma de deixar algo como marca, como identidade. Se ele aguentar as intempéries, aguento também. Havia um fotógrafo que fazia imagens desses sapatos pendurados em fios pelo mundo. Eu sempre achei poético porque para mim eram registros. Da passagem do tempo, do estilo de vida, da personalidade das pessoas vivas e que ainda se divertiam com uma brincadeira tão simples – embora as companhias de energia desaconselhassem totalmente a prática e até punissem quem era pego em flagrante. Esse fato só tornava o lançamento mais desejado pelos jovens metidos a revolucionários como eu. Mal sabíamos.

Durante a caminhada, penso que tenho saudade. Dos meus pais, da minha irmã, das crianças da família. Daquele barulho dominical do qual eu, sempre ranzinza, costumava reclamar. Hoje não tenho reclamações. Não há do que reclamar. A palavra certa seria lamento. Sinto muito. Por tudo o que não disse em tempo, por tudo o que desisti antes da hora, por não enxergar longe o suficiente e salvar outros. É uma culpa sobreviver. Eu coloquei a minha na caixa desse tênis antes de sair. Porque eu não podia carregar nada pesado. Deixei as mágoas na gaveta, que é receptáculo de coisas mortas. Combina com o tempo de ogum, um tempo de intenções mais sinceras.

O céu ganha aquele tom que eu reconheço, alaranjado. E ainda nada de prédios altos. Pela primeira vez ouço um som aqui fora. Parecem sirenes como as que existiram na época do toque de recolher. Minhas pernas perdem a estabilidade, os olhos arregalam em sinal de alerta e o corpo todo estremece. Penso que vou cair e no entanto corro aleatoriamente e por um bom tempo, dobro esquinas. Releio mentalmente as linhas do jornal que falam sobre o extermínio de pessoas não vacinadas. Encontro uma passagem para um corredor estreito entre duas casas. Agacho-me ali e permaneço até o barulho se afastar. Permaneço um pouco mais. Um tanto ainda. Não quero morrer agora.

Está anoitecendo e não há movimento, não há luzes, cachorro ou pessoa. Será necessário encontrar um abrigo provisório. Passo reparando nas casas. Os jardins que viraram matagal devem ter ratos. Onde tem muito lixo acumulado em frente também não dá. Uma de tijolinho à vista – meu revestimento favorito – com uma entrada relativamente limpa. Pode ser. Olhando mais de perto me parece até familiar. Uma janela de frente para a rua, sem cortina. Entro com certo receito para espiar o interior. Esfregando a manga da blusa no vidro sujo avisto uma estante de livros. Respiro aliviado, a porta está destrancada. O capacho surrado diz bem-vindo.

Acho muito louco pensar que voltamos aos anos 20. De 1920 a 2020 a humanidade passou por muita coisa. O problema é que não foi como o desaparecimento dos dinossauros, um capricho do universo. O que nos exterminou quase totalmente foi nosso modo de vida. A gente sempre quis ser protagonista, de tudo. Não nos conformávamos com uma vida ordinária. Pelo o que li nos jornais do Camilo, isso não mudou muito. As grandes empresas continuaram ativas e dominantes – especialmente porque as pequenas não se sustentaram mesmo depois de um movimento colaborativo forte que parecia ter futuro. Quando chegou a vacina, as pessoas voltaram ao que era antes, como se nada tivesse acontecido - a não ser o tempo de luto que cada uma passou. Porque todas passaram por isso. Daí que quem quis mudar o sistema desapareceu. Eu tenho para mim que existem bolsões não detectáveis de comunidades vivendo outra realidade. E esse pensamento me faz entrar no dia de pangeia.

Uma casa com livros merece respeito. Reverência aos antigos moradores, eu diria. Antes de me dirigir à estante me certifico de que estou sozinho. Abro os armários da cozinha e constato com certa incredulidade que há uma lata de atum dentro do prazo de validade – um indício de que faz menos de um ano e meio que os habitantes deixaram o lugar. Digo habitantes porque a mesa é para quatro. No entanto, poderia perfeitamente morar aqui um homem só. Há também alguns produtos de limpeza – ninguém saqueia esse tipo de coisa – duas camisetas, uma toalha suja no banheiro, uma vassoura com o cabo quebrado, ganchos para rede. Vou deixar para amanhã a inspeção mais detalhada. Por ora, como metade do atum. A cama está sem colchão, uma pena. O estrado vai ter que servir.

Muita gente lutou por direitos antes de mim e durante a minha pífia existência classe média. Havia aquele sonho de justiça que nunca chegamos a alcançar. Mas eu acredito que tudo foi válido. Os passos, infelizmente, foram dados para trás. Fundaram-se abismos, buracos negros. Mas eu já ouvi falar na teoria dos buracos negros, eles podem ser passagens para o inimaginável. Não é bom criar expectativa. Ainda mais de vida inteligente. Pelo menos aqui, entre os terráqueos. Eu ouvia uma música que dizia que a fronteira mais escura do mundo era atravessar para dentro da gente. Eu acho que o corpo humano é um universo particular dotado de algo que no universo das galáxias não existe. O tal do amor. Amor é palavra perigosa.

A era de pangeia começou com sol a pino e dores pelo corpo. Abri as torneiras para me certificar de que água realmente não havia. Bebi da garrafinha que trouxe, uma pena não haver mais relaxante muscular. Abro as janelas laterais – na frente prefiro que a casa continue a parecer abandonada. Descubro uma porta nos fundos. Aqui havia um jardim, como o da casa dos meus pais. Aparentemente, a única árvore que resistiu à seca foi o limoeiro. Só vou ter certeza depois de aparar o mato. Eu bem sei que era para ser só uma noite, mas me apego fácil.

Nunca gostei de limpar vidros. Na verdade era porque eles ficavam piores do que antes, com a sujeira espalhada pela superfície. Resolvi que seria o primeiro desafio, ainda animado com o novo refúgio. Usei as camisetas como panos. Na cozinha, encontrei algumas panelas, dois copos quebrados e um salvo. Talheres também. Fui passando de cômodo em cômodo, cinco no total, contando o banheiro. Encontrei uma caixa com fotografias – tesouro para degustar bem mais tarde e aos poucos. Um pé de meia, talvez número 44. Um violão sem cordas e um tanto avariado. Um finalzinho de pasta de dentes, que saudade! Geladeira vazia, sem função com o corte de energia. Talvez possa virar uma estante para livros de contos ou crônicas, leituras rápidas para o café da manhã. Encontrei ainda, num cesto embaixo do estrado da cama, novelos com restos de lãs coloridas e duas agulhas. Foi moda, por um tempo, aprender trabalhos manuais como tricô, mas eu infelizmente não aderi.

Tenho me sentido como um desbravador do mundo novo. Os continentes se juntaram para eu poder andar livre por aí, ainda que meu mundo paleozóico tenha aproximadamente duzentos metros quadrados. Para uma pessoa só, é imenso. Cada amanhecer se configura como oportunidade para escavar mais um pouco. No jardim, tenho aplicado os conceitos da permacultura. Sem água, a filtragem da urina acabou sendo a única forma de sobrevivência para o cultivo. Na quadra que habito existem quatro casas e um edifício baixo no meu lado da rua. Cinco casas e outro edifício no lado oposto. As expedições para encontrar suprimentos e sementes têm dado resultado. Feijão e batata já viraram mudas. Muitas plantas alimentícias não convencionais verdejam nos canteiros. O limoeiro ganhou adubo – o cinema sempre ajudando a gente. Consegui fazer uma tubulação do vaso sanitário diretamente para uma cisterna, e dela para um filtro natural na terra. Tudo funcionando graças à gravidade.

Aos poucos, construo uma morada quase sustentável. Não é preciso geladeira quando tudo é colhido na hora. Encontrei duas espécies de cactos que tendo seu cerne moído fornecem um líquido fresco e vitamínico. Com o jardim florindo em fases diferentes, abelhas, borboletas e pássaros pequenos voltaram. Trancei alguns dos fios coloridos do cesto e há pouco usufruo de uma rede. Na casa da esquina, a araucária fornece pinhões, ainda que quase não exista mais inverno. Eu acho que ela faz isso por mim.

Ainda não posso mudar de pangeia, embora esse tempo esteja deveras estendido. É o que ainda pulsa em mim. Incontrolavelmente. A estante, por fim, foi meu último território inexplorado e venho a ela porque agora necessito de companhia. Primeiramente, incluo Kafka e Kundera como novas aquisições da casa. Depois, vou retirando os títulos, um a um, para limpar com a delicadeza de quem tira um disco de vinil do plástico. Percebo dois vãos entre os livros, provavelmente os que acompanharam o morador em sua partida. No meu apartamento também ficou assim. Ruffato me conta sobre sua busca pelo pai e Peixoto enche meus olhos d'água ao se despedir dele. Ninguém pôde se despedir e isso foi um corte profundo. Conversamos sobre esses amores perdidos, sobre ausências e sobre os laços que teremos de reaprender a fazer. Como aqueles dos cadarços quando éramos crianças. Pareciam tão complicados e de uma hora para outra já eram movimentos automáticos. O problema aqui é que não queríamos nada no automático. Não existia mais automático.

Tenho sentido o ar um pouco diferente, uma brisa que não havia antes. As coisas têm funcionado bem, embora eu tenha desenvolvido uma dor de cabeça frequente. Imagino que seja pela falta de água potável. Se isso se alongar por demais posso adoecer. Ainda não estou pronto. Da rede onde leio pela manhã, enxergo até o muro dos fundos do terreno. Reconheço cada planta, sei inclusive das que morreram. A morte, companheira tão presente, deixou de ser incômoda. Há momentos em que converso com ela. Peço um pouco mais de tempo para que eu possa, talvez, encontrar uma saída digna. Considero que esse meu pequeno mundo pode ser um ponto a meu favor na balança da vida. O limoeiro já frutificou por dois anos seguidos.

Quando eu estava na faculdade de jornalismo, uma das minhas escolhas para as matérias optativas obrigatórias foi psicologia I. O primeiro livro indicado se intitulava Sanidade e Loucura. Eram estudos de caso. Lembro que fiquei muito impressionado. Mais tarde, tive uma paixão momentânea por códigos e pesquisei sobre o teste de Rorschach. Desde então, a pareidolia me acompanha. É como uma síndrome crônica administrada porque com o tempo consegui conviver pacificamente com essa disfunção psicovisual. Hoje já foram um cavalo e uma mulher deitada nessas nuvens que chegaram em silêncio.

Começou a ventar. Pena que o Souza não veio comigo para desfrutar dessa sensação. Sento em uma cadeira em frente à casa com a caixa de fotografias no colo. É de uma madeira que não se encontra mais. Tem um orifício para chave, mas não está trancada. Eu não sei o que dizer para essas pessoas felizes que me olham como se me conhecessem. Acaricio seus rostos, sorrio de volta. Tento imaginar as situações ali, no momento do retrato, e me compadeço, me encolho para chorar por tempo indeterminado.

Inauguro o dia de gênesis. Pois embora eu não tenha cada uma das espécies de plantas ou de animais da terra, eu tenho no coração todos os sentimentos do mundo. O céu ficou branco acinzentado e partirei quando a primeira gota cair. É de admirar que depois de tanto trabalho aqui, de tanto tempo, eu não esteja em sofrimento. Não levarei livros desta vez. Ainda preciso terminar a construção do sistema de captação de água que ficou parada por falta de perspectiva. Imagino que será possível fazê-lo antes da chuva.

Deixo a chave do lado de dentro da porta, exatamente como a encontrei na minha chegada.

Curitiba, 31 de dezembro de 2023.

Meu querido Camilo,

Eu não sei se encontrarei as palavras certas pra esse agradecimento. Eu também não sei se você voltará à casa e encontrará essa carta. O que sei é que você me ofereceu muito mais do que possa imaginar. Eu não poderia querer amigo melhor pra passar meus dias.

Sua presença esteve aqui por todas as incontáveis horas do meu tempo particular. Eu fiz o meu melhor para retribuir esse abrigo que, para mim, foi um abraço. Estivemos longe das pessoas por tanto tempo que pensava ter esquecido a sensação. Não, não me esqueci.

Eu desejei todos os dias que você estivesse bem e seguro em algum lugar que desconheço. Talvez com sua família inclusive. E foi pensando em vocês que eu construí esse pequeno mundo novo. Pode parecer estranho que esse meu futuro não tenha a tecnologia avançada que imaginávamos. Aliás, está mais parecendo uma volta ao passado. Mas confesso que resgatar práticas ancestrais me fez redescobrir quem eu sou. Talvez também lhe faça bem.

Os seus livros ajudaram a me manter são quando estive em desespero. O quadro da sala, com os velhos e os cachorros, me trouxe paz. Inventei tantas histórias a partir dele que daria para escrever um livro. Tudo o que você deixou foi útil de alguma forma. Tudo o que você deixou eu lhe devolvo, com um adicional de vida.

Eu tenho apenas um último pedido. Que você aqui não se demore como eu, mas viva essa pequena vida como uma alegria. Porque a gente precisa do movimento e eu já estava criando raízes que me impediriam de andar. E sem andar, a gente atrofia e morre.

Também já estou bastante enjoado de beber água com aroma de mijo. E de comer folhas e frutas. Quero sair para pescar, quero ver gente de verdade, cozinhar pra dois. Não lembro qual o gosto do meu vinho favorito. No vizinho da frente você encontrará discos bons e uma vitrola cuja bateria ainda funciona. Não trouxe para cá justamente para manter a vontade de sair para dançar.

Com a chuva se aproximando eu tenho esperança de que o jardim permaneça por um bom tempo. A cisterna está cheia e dura um tanto. Inclui dois livros na sua estante, espero que você não se importe e que goste das leituras.

Com amor,

Inácio.

Casal norte-americano envia a filha, May Pierstorff, de cinco anos, para uma visita aos avós pelos Correios com os selos pregados ao casaco. A pequena viajou os 120 Km que separam as cidades de Grangeville e Lewiston no compartimento de cargas e foi recebida pelo primo | 1914

ENTREGUE

José precisou afiar todas as pás hoje. O solo está muito seco para sepultar essa quantidade interminável de corpos. Tem mais pretos do que brancos. Acabou a pilha do rádio e não vai dar para ele saber se chove amanhã. Quando chove é melhor para cavar, mas é pior para trabalhar. José não tem onde estender as roupas. Da janela do quarto de sua infância, via os lençóis brancos dançando. Naquele tempo ainda ventava. A primeira gota caía como alarme, alarde. Recolher tudo como se fosse acabar o mundo, cem metros rasos pelo quintal. Ouviam-se risos.

Há cinco anos, José perdeu os dentes. Não come carne desde então. Ele costumava mastigar os próprios dedos para matar a saudade da consistência. Foi internado em um sanatório. Saiu de lá com a pele desbotada, quase azul. Restam marcas. Ninguém foi buscá-lo. Ainda fumava e arranjou um cão, mas teve que deixá-lo porque Pipoca não pôde embarcar no ônibus para São Paulo. Pensava que estar sozinho no mundo era uma bênção. Mudou de ideia, mas não arranjou outra companhia.

Gostava de desenhar Pipoca no verso dos pacotes de cigarro. Não precisava das palavras.

Os corvos conversam com José, mas só depois da meia noite. Geralmente ele está na soleira da porta que dá para os fundos do cemitério. Seu pai tinha uns passarinhos engaiolados, ele lembrava da algazarra na hora do alpiste. Disseram para o José que é bom comer semente de girassol. Pelo cemitério sempre tem algum. Semana passada foi Finados e o movimento, mesmo restrito, é desconfortável. Ele procura não olhar nos olhos. É perigoso ler as intenções. Pode haver equívoco. José está desacostumado das coisas íntimas.

O outro quarto que estava vago na pensão foi ocupado ontem. José notou os sapatos do lado de fora da porta. Pequenos, aparentemente femininos. Durante a semana, José dorme no abrigo atrás do cemitério, só volta para casa no final de semana. Era sábado e lembrou de cortar as unhas. As mãos de sua mãe eram macias, assim como o pão que ela fazia para o café. Ele nunca soube a receita, nem do amor, nem do pão. Com ele, tudo foi mais duro, de difícil digestão. Enjoava fácil.

Duas pilhas médias, macarrão, tomate e cebola, carne moída de segunda. Ainda tem café. É difícil respirar com a máscara. Obrigatório. No fogão do abrigo ele prepara as sopas de fim de semana. É proibido cozinhar no quarto. Lá, só o que não depende de calor ou de frio. Às vezes, mimosa e banana. Café ele faz na cozinha da dona Raquel, a proprietária da pensão. As frutíferas crescem sem cuidados no terreno ao lado. Herança de quem já se foi dali. José também vive sem adubo, meio amarelado. O quarto é impecavelmente limpo.

Dos cinco coveiros, três adoeceram e um morreu. Chegarão novos, avisou o supervisor. A jornada aumentou, o dinheiro não. José não se importa. Não há nada melhor para fazer. Houve um tempo em que quis ser alguém na vida. Passou. Sobreviver nesse país se sobrepõe a qualquer esperança. Mas há alegrias. Poucas e suficientes para José se manter vivo. Teve a ideia de colher algumas mudas que brotam no cemitério. Criou um jardim particular. O quarto já está florescendo. É bonito ao entardecer.

Domingo pela manhã o bairro esvazia. Especialmente às dez. Hora da missa. José costumava ir, mas nunca mais depois que chegou a São Paulo. Agora proibiram e o silêncio daquela hora bendita desapareceu. Houve uma criança que sumiu na rua de cima no ano passado. Ninguém soube dela. José procurava não se apegar, porque tudo some um dia. De crianças a caixas de fósforos. Nele, foram algumas memórias. De vez em quando esquece de preencher o livro-ponto. Só descobre quando vem o desconto no salário. Tarde demais.

Resta apenas a parte de trás do cemitério para novas covas. Acabou o espaço, acabaram as formalidades. Cada metro quadrado precisa ser aproveitado. O abrigo precisará ser desmontado. Cabem ali uns seis corpos se for num buraco só. Não há tempo para reza. Ninguém mais dorme. Chegaram pás novas e agora tem lanche entre os turnos. José não tem como mastigar o sanduíche com pão borrachento. Ele demora muito para dissolver na boca. Notou que suas mãos começaram a tremer um pouco. Sem dia fixo para descansar, a última folga foi na terça. Ninguém está sendo cuidado. As plantas do quarto também estão morrendo. O chuveiro queimou.

Duas vezes por semana, José tomava banho no rio que margeava a estrada de volta para casa. Ele não gostava da escola, mas gostava da liberdade. Três quilômetros a pé. Ida e volta. Só não podia correr. Gostava de imaginar que seu pai tinha morrido de tiro, porque dessa coisa de morrer ele tinha conhecimento. E daí brotava certa intimidade. Tratava todos os corpos como se fossem do seu pai. Nunca se sabe.

As notícias vindas do rádio não eram boas. Então, José sintonizava nas estações de música. Não por muito

53

tempo, para economizar as pilhas. A única tomada do quarto estava estragada. Ficou de consertar e nunca o fez. Agora que ganhou um celular velho do patrão vai ter que resolver. Este mês vence a primeira parcela do chuveiro. Vinte e quatro no total. Pensou se chegará vivo ao final do carnê. Achou algumas moedas no bolso, jogou na loteria.

Os novos coveiros são jovens. José sabe bem como é querer ser outra coisa. Eles estão de passagem. Quando ele pegou o trem para sua primeira viagem sozinho tinha sete anos. Foi morar com a avó materna. Teve poucas notícias da mãe depois disso. Aprendeu a pregar botão durante as conversas depois do jantar. Gente velha tem um cheiro diferente. Uma vez contaram a ele a história de um menino que não tinha cheiro, mas o olfato era apuradíssimo. Virou um grande perfumista e inventou uma fórmula que enlouqueceu as pessoas. Parece que era um livro. Ou um filme. Não sabe bem.

O cemitério vai fechar. Não há mais espaço. Talvez José seja transferido. Demitir dizem que não vão. Em breve, quinze dias de férias antecipadas, coisa que José nunca teve. Poderia tentar fazer amigos, quem sabe os novos colegas de trabalho. Não, não tinha traquejo suficiente. Resolveu que iria oferecer serviços de manutenção para a dona Raquel. Tinha muita coisa caindo aos pedaços.

Poderia trocar por um desconto no aluguel. Seria mais fácil ocupar os outros dois quartos vazios com uma pintura nova. Ela aceitou. Amanhã ele vai comprar as tintas.

No mercado não se falava em outra coisa. A vacina chegará em três meses. Não antes de o vírus fazer muito mais vítimas – justamente os que saíram para comemorar a notícia com festa pelas ruas da cidade. A curva subiu antes de baixar. Saiu a transferência. Agora o caminho para o trabalho era mais longo. José preferia caminhar. Os ônibus sempre estão lotados. Com o tempo foi tomando gosto de reparar nas casas. Inventava histórias sobre as pessoas que moravam ali. Na azul, um casal de idosos em isolamento. Nunca se via a janela da frente aberta, mas o jardim estava sempre bem cuidado. A rosa tinha um cachorro triste. José gostava dele e o chamou de Miguel.

O cabelo começou a ter fios brancos. Percebeu quando cortou da última vez. Dava para ver bem entre os fios pretos. A dona Raquel disse que era charme. Naquele dia, José saiu mais cedo do trabalho. Inventou uma desculpa, estava cansado. Não quis ir direto para casa. Mas também não poderia circular muito por conta do vírus que ainda pairava. Sentou num banco de praça vazio para fumar. Olhando assim, por fora, o mundo estava calmo. Mas não dentro de José.

Avisaram no trabalho que na sexta haveria uma manifestação na rua do cemitério. Pela democracia, disseram. José não entendia muito bem do que se tratava. Ficou em casa por precaução. Ligou o rádio mais tarde e descobriu que houve confronto com a polícia. A vizinha da frente foi atingida por bala de borracha. Dois dias depois, o presidente caiu. José achou bom. O ódio nunca foi bandeira que se erguesse com orgulho. Vestiu a camisa branca que estava guardada para o ano novo do ano passado.

A primeira namorada de José era ruiva. Ele tinha uma predileção natural por essa cor de cabelo, pelas sardas que parecem estrelas no céu. Era muito difícil encontrar uma ruiva na cidade dele. Ela era prima de um vizinho e veio passar férias. Durou duas semanas. Até hoje, a blusa que José mais gosta é dessa cor pôr do sol. Se pudesse, habitaria o crepúsculo alaranjado de um inverno seco. Se pudesse, moraria naquelas duas semanas. Tem feito calor.

Chegou uma carta, estava debaixo da porta. José aprendeu a ler, mas saiu cedo da escola. Fazia tempo que não praticava. Costumava saber das notícias pelo rádio ou pelos comentários nem sempre confiáveis dos companheiros de ofício. O remetente era um nome desconhecido. Não parecia ser propaganda ou boleto. Parecia ser uma carta. Parecia importante.

Sara, que ainda não conhecia José, dava importância para as miudezas. O formato bem arredondado das letras no caderno de caligrafia da avó, o cheiro do pão, a língua grudada no picolé, o sol se pondo quando seu trabalho terminava. As importâncias grandes, ela costumava colocar numa lista infinita de afazeres – ou prazeres – não cumpridos. Elencava próximos passos como quem escolhe ingrediente de receita nova. No entanto, sentia cabeça, tronco e membros presos por suas próprias raízes, impedida de partir. Um dia simplesmente aconteceu, não pelos motivos que ela gostaria. Mas, aconteceu.

Na casa dos seus pais havia um pé de amora. Sara gostava do rubro, Rubus fruticosus. Ela leu em algum lugar que vermelho é a cor da felicidade, do perigo e de todas as paixões. A primeira que os bebês enxergam, embora ninguém se lembre disso depois. Sara aprendeu a fazer todos os tipos de suco verde, mas não abandonou a carne. Também não emagreceu por vontade própria. Quilos de lágrimas e a balança perdeu serventia. O peso e as cores agora eram outros.

Ainda era cedo e dava tempo para um café ruim de rodoviária. Sara passou a noite num banco, não tinha mais para onde voltar. As coisas e as costas doídas. Sentiu os olhos ainda inchados. Pensou em telefonar, mas não. Tinha nojo de orelhão – esse aparelho obsoleto. Mais nova, gostava de ver os cartões das putas fixados nos vãos do aparelho. Borá é a menor cidade do estado de São Paulo. Oitocentos e setenta e poucos habitantes. Uma vez ela conheceu um anão.

Entrou em uma banca de jornal, leu o horóscopo. Levou palavras cruzadas e chicletes de frutas vermelhas. Disseram para ela uma vez que irmãos gêmeos têm uma conexão cósmica. Sara discordou assim que adolesceu. Capricórnio com ascendente em Aquário. Enterrou sua irmã na areia da praia aos 13, por diversão. Gostou da brincadeira, parecida com beber caldo de cana em dia de calor. Os lábios amorteceram e um sorriso discreto apareceu no canto da boca. Há seis anos não se encontram e a pandemia ampliou o tempo de afastamento. Por mais que se esforce, Sara não sente saudades.

Encontrou uma lixa de unha quase sem uso na pia do banheiro da rodoviária. Não queria parecer desleixada. Pegou uns grampos na bolsa. Em sua cabeça ainda soavam os miados dos gatos se espreguiçando no quintal de casa. O sol entrando pelas frestas da madeira. Deixou os discos. 7h30 e já era passado. Sara tem a sensação de que viver em uma cidade tão pequena faz de todos personagens de livro de ficção. Ela nunca quis ser protagonista, mas também não se sentia fazendo apenas uma ponta. Uma vez fez teste para o grupo de teatro da escola. Faltou drama em seu portfólio de emoções contidas.

Há tempos não cai uma gota do céu. Está faltando água em diversas cidades, os reservatórios baixíssimos. Ela sentiu o pó da cidade nos dedos dos pés, entrando pelas frestas da sandália. Nunca gostou de dedos. Coisa mais feia. Sara vivia em aridez amorosa há algum tempo. Cuidar dos pais era missão suficiente para uma vida. Ela gosta de cachorros. Grandes. Tem gente que paga as pessoas para passearem com eles pela cidade. Achou que seria boa nisso.

Palavra com cinco letras, levemente molhado. Úmido. Gostava do distanciamento, cada fileira de assentos do ônibus só permitia uma pessoa em cada lado do corredor. Dava para esticar as pernas e evitar conversas. Foi mastigando o chicletes e as dores ao mesmo tempo. Reservou alguns minutos para fazer uma oração. Leu na capa de uma revista que o que importa é o ritual. Casamento, batizado e enterro. Tudo ritual. Sara prefere o do café da manhã. Respirou fundo desejando pão com manteiga aquecido na frigideira.

A casa parecia pequena, mas tinha uma janela. Amarela. Ela bateu delicadamente no vidro. Um cachorro latiu branco. Tremia um pouco e resolveu dar uma volta na quadra para se acalmar. Foi simplesmente contando os passos. Parou em frente a uma vitrine onde havia peixes em aquários. Tinha uma amiga que desenhava sereias. E outra que desenhava gatos nadadores. Ela nunca desenhou. Tem uma nuvem parecendo um dragão. Sinal de fogo.

Cinco anos trabalhando nos Correios. Ela sabia todos os CEPs da cidade de cor. Andava pelas ruas como se fossem suas. Não queria ladrilhar nenhuma. Cantarolava mentalmente. Tinha mania de contar os passos. Depois perdeu a graça. Foi daí que começou a gostar dos cachorros. Nem todos, é verdade. Estava precisando perder-se um pouco. Irônico pensar que nunca escreveu uma carta. Para ninguém. Tampouco recebeu alguma. Com e-mail não tem cabimento mandar carta. Ainda é capaz de pegar coronavírus na fila da agência.

Das coisas que Sara mais gostava, em primeiro lugar estava a chuva. Ela sentia na pele. A brisa leve, as nuvens se alvoroçando. O primeiro pingo. O eflúvio, o ar limpo. Capa de chuva é instrumento de trabalho. Era a única que gostava desses dias. Achava que tinha algo em comum com o Ayrton Senna. Adoradores de chuva. Talvez seja porque a cabeça que pensa demais precisa esfriar. O corpo sobrecarregado quer relaxar. Sara acredita que nasceu peixe.

Seu pai gostava de escrever poemas. Não como os poetas famosos, mas como os singelos. Deixava bilhetinhos nos cadernos da escola. Debaixo da xícara do café. No bolso do casaco. Sara foi colecionando e queria escrever um livro contando essa forma de afeto tão íntima. Ele achou bobagem. Uma vez provou coalhada, na casa de uma tia. Achou horrível aquilo. A língua retraiu toda. Língua deveria servir só para beijar. Aula de Português era sua preferida.

Um incêndio grande aconteceu em Borá. A fábrica de calças jeans ficou destruída. Abandonada durante anos. Sara gostava de passear pelos escombros. Imaginava que as calças estavam andando pelo mundo sem saber que o lugar em que foram criadas foi consumido pelo fogo. Ela tinha medo de morrer queimada. Cinzas, nem de cigarro nem de gente. Se bem que a morte, nesses dias pandêmicos, deixou de apavorar. Está nos noticiários, nos hospitais, na vizinhança, na casa que ela deixou.

Tinha trazido na bolsa dois rolos de fio dental. Era obcecada por limpar os dentes. Devia ser porque os avós viviam andando pela casa com suas dentaduras mergulhadas em copos d'água. Ela tinha um copo azul só para ela. Uma noite, foi buscar água na cozinha e encontrou seu copo sendo usado. Foi o gatilho para a paranoia com os dentes. Na escola, as professoras a usavam como exemplo para a turma. Na dentista, era a única que nunca havia apresentado cárie. Poderia ser astronauta. Ela sabia que riam dela. Não se importava. Imaginava-os todos velhos e sem dentes. Vamos ver quem vai rir por último.

Enquanto caminhava pela nova cidade, foi observando detalhes. Como se fosse seu primeiro dia de entrega nos Correios. Olhou para o número das casas. Para as cores. Para as plantas no jardim. Quem tinha cachorro por ali. Pensou em achar uma padaria para chegar com um doce ou coisa parecida. Só tinha um bar e um salão de beleza, ambos fechados. Lembrou da pandemia. Colocou a máscara com medo de que alguém tivesse testemunhado tamanha imprudência. Mas não havia ninguém na rua. Só carros passando apressados. Estavam ouvindo Queen em alguma janela do prédio à sua frente. Quem quer que fosse, tinha bom gosto.

Sara fez uma lista mental do que precisaria comprar para refazer a vida. Celular. Ninguém mais vive ou trabalha sem ele. As ruas de agora seriam velhas conhecidas em pouco tempo. Percebeu que não sabe onde a irmã trabalha ou como se veste. Certamente teria roupas e sapatos para emprestar. Emprego está difícil. Pode ser qualquer coisa por enquanto. Estava cansada da viagem. Um pouco esperançosa, é verdade. Pela primeira vez não tinha planos e estava solta. Olhou para cima. Duas pipas no céu.

Sua mãe contou que Sara era um nome nobre, que vinha do hebraico e significava princesa. Ela nunca conheceu outra em sua cidade natal. Na maior capital do país certamente perderia esse título que nunca reivindicou. Estava mais para plebeia. De tanto caminhar, adquiriu coxas firmes e boa resistência respiratória. Ainda assim, temia o novo vírus. Depois de adulta, nunca ficou doente e nem faltou um dia sequer ao trabalho. Os pais morreram sem saber que ela estava ao meio. E quem é que não está partido?

Avistou um menino em trajes de malabarista vendendo jornais no sinaleiro. Sara passou os olhos pelas manchetes sem vontade de se aprofundar em nada. Queria ser rasa por um momento. Nunca havia boas notícias – chegaram as vacinas, mas ainda morria muita gente. O vento, de repente, embaraçou os fios avermelhados que cobriam sua cabeça. Prendeu num coque desajeitado. Um nó malfeito de cabelos. Costumava ser assediada no trabalho. Não dava importância, sempre foi assim. Mulher, branca e pobre. Um objeto de prazer relativamente aceitável e cuja vulnerabilidade é entendida como subserviência. Sara achava que não servia para muita coisa.

Parou novamente em frente à casa amarela. Lado oposto da rua. Havia um homem acendendo um cigarro. Estava sentado na escada que dava acesso até a pequena porta da pensão. Imaginou que poderia ser o namorado da irmã, marido até. Hesitou por algum tempo e foi até ele. Mais perto, a figura lhe causou certa repulsa, mas perguntou seu nome. José, ele respondeu ressabiado. Deu passagem para ela entrar como se a conhecesse. Sara olhou para as duas portas dos quartos da frente. Parou na da esquerda e vestiu os sapatos – número 34 ainda. Não ousou bater à porta. A televisão parecia ligada num programa dominical. Aplausos. Viu a carta nas mãos de José, achou bonito alguém que ainda recebe cartas.

Não havia condições psicológicas para um encontro desses. Sara sabia que não teria as palavras certas em momento nenhum. Não era como preencher linhas e colunas de um jogo de sinônimos ou significados. Não era tão lógico. Misturavam-se em suas memórias as alegrias da infância e o abandono que ela ruminava com mágoa e feijão. Não teve a irmã ao seu lado para cuidar dos pais, recém-falecidos por falta de ar. Ela precisava de uma cama e de uma janela. Precisava respirar para manter-se sobre seus pés de boneca.

José permanecia num dos únicos degraus da escada onde ainda batia sol. Dona Raquel, de saída, encontrou a recém-chegada parada à porta. Por algum motivo, que Sara não saberia precisar, ela não a confundiu com a irmã. Deve haver algo diferente, ainda que sejam idênticas. Mas Sara não sabe o que é. Perguntou se dona Raquel tinha algum outro lugar para ela ficar. Foi-se com ela a pé, em modo monólogo. Sara ficou sabendo de algumas fofocas de bairro. A segunda pensão que dona Raquel administrava estava vazia. Um bom banho, um quarto simples. Tudo o que Sara precisava. Estava com fome e foi convidada a compartilhar uma sopa na cozinha.

Nos dias seguintes, Sara andou sem compromisso. Pegou o metrô. Desbravou alguns quilômetros. Ainda não olhou as pessoas nos olhos, mas foi se sentindo menos desconfortável. Esteve acostumando o ouvido com os volumes da cidade grande. Passava todos os dias em frente à casa amarela para ver a irmã num inesperado golpe de sorte. Enquanto não acontecia, eventualmente observava José. Ele trazia umas plantas para tomar sol, ouvia música no rádio à tardinha, vinha do mercadinho com bananas, café, detergente e outras coisas que ela não identificava na sacola. Um mês e ela se sentiu segura o suficiente para uma conversa. Sara não conhecia ninguém além de dona Raquel e de dois entrevistadores que lhe recusaram emprego. A esperança morava no jornal de domingo, com seu gordo caderno de empregos des-classificados.

Aos sábados, José se sentava para fumar no degrau de sempre – ora buscava sol, ora preferia a sombra. De vez em quando, ele via Sara do outro lado da rua. Também era uma distração, uma novidade. José não ousou mais do que sentir sua presença, e gostar dela. No dia em que Sara se aproximou, ele se encolheu um pouco. Era um movimento instintivo de autopreservação. Espécies de aparência desagradável como a dele tinham esse hábito. Não se olharam, mas Sara se sentou dois degraus abaixo. O silêncio não os incomodava, pelo contrário. Até que ela perguntou se ele não tinha medo de morrer, por fumar tanto. Ele andava querendo parar, mas achava que a morte viria de outra forma. Sara contou que era portadora de más notícias para a irmã. O sol foi baixando. Ela se despediu em tom laranja.

Sara resolveu que não iria contar sobre o falecimento dos pais. Achou que a irmã ficaria bem sem saber do ocorrido. Na última conversa que teve com José, ele achou bom. Para ele, os mortos estavam mortos. Não havia nada mais. Ela comentou que o preço da passagem de ônibus era alto, que ainda não tinha sido chamada para vacinar depois de se cadastrar no posto de saúde do bairro, que engordou dois quilos apesar de estar comendo menos, que ainda procurava vaga de emprego e que tinha o sonho de ter casa com gramado e cachorro. Ele sorriu pequeno e sem dentes. Respondeu que era inútil pensar nessas coisas. Que a vida é o que é.

Embora houvesse distanciamento já sem tanto desconforto entre os dois, Sara se mantinha curiosa sobre o conteúdo daquela carta cerrada que José não mencionou mais – mas que ela sabia continuar em seu estado original. Pela luz que atravessou o papel quando ela notou a correspondência pela primeira vez nas mãos do coveiro, parecia que o envelope carregava uma única folha delgada, escrita em esferográfica azul. Sua experiência nos Correios permitia essa aposta quase certeira. Certo dia, ousou indagar se ele tinha parentes e se ainda mantinha contato com eles. José balançou a cabeça afirmativamente. Completou em seguida que se perdeu do irmão há algum tempo. Aquele maneio craniano que parecia um sim, acabou por virar um meio não. O corpo nem sempre obedece.

Essa fresta permitiu que Sara desse um passo adiante. Estabeleceu ali um terreno seguro para José pisar. Ela, que sempre foi determinada na intenção de que todas as correspondências chegassem aos seus destinatários, imaginava agora quantas delas teriam sido abandonadas sem que a mensagem percorresse os olhos de um leitor. O aborrecimento não percorreu a fisionomia de José no pequeno interlúdio que se seguiu. Sara discorreu um pouco sobre como as cartas ainda resistem. Ela considerava essa prática, que exige o tempo do outro, uma forma genuína de afeto. Essa última palavra de Sara fez José levantar os olhos, até então pregados ao chão. Virou-se na direção daquela jovem tão curiosa quanto solícita. Sara aguardava um acontecimento.

Ao se levantarem para a despedida, José fez um sinal com a mão. Parecia indicar que Sara esperasse ali. Entrou na pensão e voltou com a carta, lacrada. Ela sentiu uma alegria misturada com responsabilidade pela provocação. Talvez indevida. Disse a José que entendia sua angústia sobre as palavras de um desconhecido chegando até ele. Gostaria de ajudá-lo a percorrer aquelas linhas. José estendeu a carta até Sara. Pediu que ela lesse mais tarde e o avisasse se fosse importante. Ele olhou aquelas duas se afastando, Sara e a carta. Fazia muito tempo que não sentia algo que não pudesse nomear.

Amanheceu tarde. Sara se espreguiçou demoradamente. Abriu a pequena janela que dava para a rua lateral da pensão. O sol já estava alto. Tinha um bilhete debaixo da porta. Café na térmica. Dona Raquel sai cedo. Vestiu o casaco quase da cor dos cabelos. Lembrou-se da carta. Não ousou abri-la por impulso. O ato exigia cerimônia. Uma carta pode conter um convite, uma declaração de amor, um reencontro ou um falecimento. Pode ser prova de vida de alguém. Seria a primeira vez que dela na violação de correspondência alheia. Uma transgressão consentida.

Fazia dois dias que Sara não via José. Estava em uma maratona interminável de entrevistas. Também fazia serviço de banco para dona Raquel. Como era domingo, pensou em passar na pensão amarela mais tarde. Comprou o jornal e um pouco de fertilizante para as plantas dele. Ficaram de pintar e instalar umas prateleiras. Uma amizade meio avessa que se agarrava em fendas, em falhas. Como trepadeira em busca de luz. Antes de chegar ao caderno de empregos, Sara viu o rosto de José. Pequeno, num canto da capa do jornal. Tiro nas costas voltando para casa. Não dizia muito mais, além de que foi a polícia. Será que ele estava correndo? Sentiu um aperto no peito, as pernas bambearam. Passou na pensão para buscar seus parcos pertences. Deixou o pagamento do mês para dona Raquel. Na cozinha, as notas acomodadas embaixo da xícara habitual. Foi para a rodoviária. Passagem para Curitiba, por favor. Cento e nove reais e trinta e sete centavos.

Curitiba, 29 de janeiro de 2021.

José,

Você certamente não me conhece. Acho que seu irmão nunca comentou sobre nós. Estávamos casados há dois anos e ele faleceu ontem. Complicações do coronavírus, pulmão de fumante, não resistiu. Desculpe te dar essa notícia assim, direto e por carta. Infelizmente eu também fui infectado e aqui na cidade não tem mais vaga no hospital. Estou em casa e nossa filha ficou com a vizinha. Você é a única pessoa com quem podemos contar para cuidar dela caso algo me aconteça nos próximos dias. Encontramos seu nome na internet, pela lista de aprovados no concurso público para coveiro da prefeitura. Ligamos para os cemitérios da cidade e seu patrão nos passou o endereço há algum tempo. A Nina está com três anos, é uma menina muito doce, criada com amor. Seu irmão e eu nos conhecemos no curso técnico de administração e lutamos muito para adotá-la. Vou deixar meu telefone anotado abaixo e espero que possa vir.

Um abraço amoroso,
Camilo

Pela primeira vez na história, duas entidades de inteligência artificial conseguiram criar, sozinhas, um meio para se comunicar de forma secreta | 2016

DESCONHECIDO

As mudanças climáticas e a voracidade do homem acabaram por degradar não apenas o meio ambiente e a saúde física dos habitantes da Terra, mas também suas condições emocionais e psicológicas. A tecnologia não foi suficiente para sustentar tudo o que precisava ser reconstruído, adaptado ou substituído. O mundo desertificou por alguns anos e em seguida teve grande parte de sua crosta congelada. Somando os dois eventos, cerca de sessenta por cento da população mundial desapareceu. O céu escureceu definitivamente e o vento parou de soprar. As fontes de energia renovável não foram renovadas. A população que detinha maior poder aquisitivo e não possuía membros mutilados pôde se candidatar a moradias estabelecidas em Marte ou habitações provisórias em estações espaciais – até que todo o planeta vermelho tivesse condições propícias para abrigar maior número de pessoas abastadas. Os indivíduos que permaneceram foram escravizados para realização de pesquisas com suas mentes e seus corpos e também para responderem pela coleta de dados sobre as condições de vida na Terra – letalidade ampliada de vírus e bactérias, compactação permanente do solo, formas de vida resistentes, eficácia dos transplantes mecânicos, implantação de inteligência artificial, resistência a doenças incomuns, adaptação a microorganismos, toxinas, condições físicas e psicológicas extremas. Acabaram as munições para armas. A maioria dos habitantes comeu os próprios dedos, preservando os polegares e indicadores como armas para caçar suas presas. As unhas se adaptaram para perfuração. A alimentação permaneceu carnívora. Peixes e animais marinhos acumularam grande quantidade de material tóxico e a maioria já foi morta e incorporada na dieta. Ratos, doninhas e gambás australianos se adaptaram e multiplicaram à revelia. Os habitantes, denominados híbridos, tiveram suas línguas decepadas e suas memórias apagadas, com possibilidade de guardar apenas uma lembrança durante a sua existência. Eles foram replicados em bolsas uterinas artificiais e a maioria não sobreviveu à infância. A cada nova geração, menos características humanas permaneceram. Os modelos mais avançados só eram soltos a partir dos catorze anos e sua idade avançava três vezes mais rapidamente do que a humana. Não se desperdiçava tempo analisando vidas longas. Os corpos permaneceram humanos com alguns órgãos artificiais como coração, pulmão e intestino. Os enxertos mecânico-tecnológicos abrigaram combinações quase lotéricas com as dezoito mil cepas zoonóticas de resistência superior. Cada híbrido teve um implante na parte traseira da cabeça para o qual foram transferidas atualizações e também armazenados os dados coletados pelo indivíduo. Há edifícios de geobytes que acumulam arquivos digitais em diversos quadrantes, que é como a Terra foi dividida – não existem mais países ou fronteiras. Os híbridos tiveram acesso livre ao espaço externo por terem suas memórias apagadas a cada ciclo de doze horas, quando recebiam um pulso eletromagnético e se dirigiam aos seus bolsões para *loading* e *upload*. As informações já conhecidas eram automaticamente descartadas, seguindo para análise apenas o que poderia ser útil na fase adaptativa em novo planeta ou na prevenção de eventos bacteriológicos similares ao da grande e irreversível pandemia – chamada de sétimo tsunami. Modelos datados das primeiras réplicas se mostraram resistentes, com resquícios emocionais indevidos e arquivamentos de pesquisas e memórias não identificáveis pelo sistema central. Não se descobriu a razão de tais comportamentos. Este fato isolado não foi suficiente para o desligamento destes modelos, identificados como Inácio, já que em outros quesitos importantes se mostraram mais eficazes do que a maioria. Cientistas que permaneceram no planeta para controle, implantação dos testes e dos bolsões tecnológicos no início da evacuação morreram em Terra, ou de doença ou assassinados. O sistema de captação das informações que permaneceu funcionando remotamente, via supersatélites, nos últimos trinta anos, está em fase de desativação. Os híbridos não serão mais replicados e os que restarem serão definitivamente desligados.

Artista plástico desenvolve software de inteligência artificial que simula o processo de desenho de observação através de imagens geradas por câmeras digitais | 2019

Nina,

Se você está lendo esta carta agora é porque eu estava certo sobre quem imagino que você seja. Nem todo mundo tem essa curiosidade, ou ousadia, de abrir correspondência vinda de um desconhecido. É provável que no tempo em que você se encontre isso seja mais comum. Ainda assim, não deixa de ser uma valentia de sua parte.

Eu a conheci quando você tinha quarenta e sete anos. O tempo, você precisa saber, não funciona exatamente como o estabelecido anteriormente. Ele se mostrou circular e infinito. Essa teoria já deve existir por aí, em alguma pesquisa científica mais avançada e registrada nos meios acadêmicos. Como não estou certo do ano em que isso esteja se passando, pois essa mensagem atravessou indefinidamente o que costumávamos denominar passado, espero que este fato não cause espanto demasiado a ponto de interromper essa pretensa conversa. É provável que você me tenha como um maluco qualquer que resolveu brincar de homem do futuro, mas isso seria complexo demais para o meu sistema operacional, que há muito pouco (re)assimilou o comportamento mais próximo do convencionado humano.

Escrevo a partir do meu fim. E é por esse motivo que me atrevo. Porque é provável que nada mude – minha intenção não é mudar nada. Acontece que nosso único encontro se deu quando eu estava com nove anos de idade, no embarque de um dos elevadores espaciais. Meus pais, que tinham mais ou menos a mesma idade que você, embarcaram me deixando para trás. Você foi barrada ao examinarem suas mãos – não vou especificar o motivo disso agora, pode não ser adequado para que você continue a percorrer essas linhas comigo. Eu fiquei impressionado com seus cabelos negros, parecendo muito limpos em meio a um lugar tão sujo e desolado. Olhei maravilhado para aqueles fios brilhantes desfilando pelo túnel de saída. Antes de desaparecer completamente do meu campo de visão, você se virou e piscou para mim. Assim, sem motivo, como se houvesse entre nós uma conexão indefectível.

Essa imagem permanece comigo como se fosse parte de um poema arrebol. Seu rosto se movimentando em minha direção e o pequeno pestanejar de olhos castanhos se tornaram uma memória mágica. O tempo parou ali, naquele meio termo entre o afeto desconhecido e o abandono familiar. Um intervalo que preencheu o espaço ao meu redor – mas não o vazio que mora no meu

79

lado de dentro. Foi como se imediatamente se instalasse um buraco negro impenetrável naquele filho que jamais deixaria de ser, ao mesmo tempo em que nunca voltaria a tornar-se.

Essa comunicação solta no espaço é para contar um pouco sobre quem eu fui, porque é muito provável que você, lendo isso em um tempo remoto, não faça ideia do que vai acontecer. Nem todo mundo será capaz de suportar, nem todas as pessoas terão futuro. Mas você sim, você chegará até mim em algum momento, no momento específico dos meus últimos minutos como observador da realidade, como integrante de uma forma de vida identificável pela ciência como inteiramente humana. O que importa dizer é que cada um dos que permaneceram tem apenas uma lembrança arquivada. A minha é essa, a do nosso encontro, repetidamente revisitada. Eu não sei qual foi a memória que você escolheu, mas gosto de imaginar que foi a mesma, só que do ponto de vista contrário.

Isso faz algum sentido para você? Receio que não, que não haja ainda qualquer ligação palpável entre nós a não ser essas palavras que resolvi ordenar em linguagem compreensível. Elas também me ajudaram a construir uma personalidade para essa mente que ainda vive, com avanços incríveis mas também com muitas limitações ao se aproximar da obsolescência. Em algum ponto que não sei precisar, você vai compreender melhor que o que resta é resistência, o instinto que não nos foi arrancado de todo.

Eu gostaria de poder ser claro o suficiente para que você tivesse uma ideia nítida de onde estou. Temo que não seja bom para você – penso que eu mesmo não gostaria que me contassem sobre o que estou passando agora. O que posso adiantar é que não há nada depois. As experiências que se seguiram com os corpos que não puderam, ou por condições financeiras, ou por força armada, ou por corrupção ativa entre poderes, habitar as estações espaciais transitórias e a base marciana não são dignas de registro. Basta que isso se estabeleça como um episódio que, tendo iniciado como prenúncio de mau agouro, acabou por estarrecer a própria terra em que pisamos.

O que desejo exatamente não tenho certeza. Talvez construir a ilusão de que vivi alguma história mínima, mas digna de registro para pelo menos uma pessoa no mundo. E a única pessoa da qual tenho lembrança é você. Assim, se faz necessário que eu conte o pouco que pude compreender vivendo cerca de cem anos adiante do nosso ponto de nó. Costumo chamar o nosso episódio de teoria dos nós – apropriando-me da original, que considera um enlace uma coleção de nós que não se cruzam, mas que podem ser ligados. Achei bonita essa descrição matemática que pode nos alinhavar de alguma forma, ainda que torta ou apenas fruto da minha insistência em permanecer.

O modelo híbrido de vida ao qual pertenço é baseado em um ser humano completo chamado Inácio. Penso que você possa conhecê-lo, caso essa mensagem a alcance em momento oportuno para tal acontecimento. A minha primeira versão data de 2047. Minhas únicas alterações significativas comparadas à espécie original são a interface de inteligência artificial, o limite da memória única e alguns órgãos vitais adaptados para esta realidade adversa. O *unsupervised learning* me confere a ilusão de livre arbítrio, o que de certa forma acho bom. A linguagem e o vocabulário, como você pode perceber, são muito similares aos seus. Diria que praticamente os mesmos. Acredito que esse pormenor seja uma vantagem aqui, pois provavelmente eu esteja usando termos amigáveis – assim espero.

Encontro-me defasado e minha alma há muito inexiste. Falo de alma com desconhecimento de causa, apenas a situo como o que eu considero fora das minhas atividades mentais e físicas controladas conscientemente. Os modelos mais avançados do que eu foram, a cada atualização de sistema, perdendo todos os vínculos emocionais. Eles estão destinados apenas ao trabalho que lhes foi atribuído. Eu me tornei um pesquisador de aleatoriedades, o que de início se deu em oposição ao despropósito da minha condição. Agora o faço por simples curiosidade, antes do inevitável desligamento. Busco em especial registros formados por códigos não-numéricos. Algo que inclua fatores imponderáveis, como a intuição e as demais emoções tipicamente humanas.

Espero que não seja informação demais para você, espero que ainda esteja comigo. Não quero, na verdade, me tornar enfadonho com essa narrativa. Ficar esmiuçando como o mundo está agora, como e de quê sou feito. Mas preciso de alguma maneira situá-la, para que você não ache tudo tão absurdo a ponto de me abandonar falando sozinho – e isso nunca saberei. Acho importante dizer nesse exato ponto que foi você quem me manteve vivo – talvez não tenha ficado claro desde o começo e eu deveria ter lhe contado de imediato. Não tenho ideia se isso aconteceu com todos os Inácios que me precederam. Mas sendo eu o último, essa constatação se torna parte da história deles, que é consequentemente a minha. Restabeleço um passado imaginário, sempre inacabado, como se lentamente construísse novas digitais.

Esses momentos em que me ponho a pensar por conta própria são escassos, como tudo o que me cerca.

Ainda tenho a capacidade quase intacta de admirar constelações por projeção ótica aumentada. Não deve ser a mesma coisa que você vê ao olhar pro céu que existiu, e que gradativamente passava do azul ao púrpura até escurecer. Mas, me serve como consolo. Nesse ímpeto de imaginar o inimaginável, criei uma nebulosa com seu nome, em formato de um grande olho. Uma linha ininterrupta do ponto de partida ao ponto de chegada, traçada em pó estelar imagético. Um pó que não se pode dispersar num sopro. Tudo o que faço tem duração de apenas doze horas em minha mente, depois disso supostamente sou zerado – mantendo apenas nossa cena em mente, por simulada benevolência do opressor. Digo supostamente porque é desta maneira que os supercomputadores leem minhas entregas. No entanto, tenho um desvio – que não posso atribuir ao caráter porque seria humano demais. Mas, afirmo que não provoco mal nenhum ao encontrar saídas engenhosas para acumular visões do mundo que eu de outra maneira jamais teria. E disso falarei mais adiante.

Enquanto caminho pela espessa camada de gelo, me esforço para criar memórias próprias. Algo que possa me tornar alguém com história para te contar. Mas esse ímpeto é raso e líquido. Acabo sempre voltando a um estado de transparência e mesmo assim não há sol que me atravesse. Quase nada se move. Não ouço silêncios nem gritos – tampouco conheço minha própria voz. Me pergunto qual seria meu tom, se conseguiria cantar ou simplesmente sussurrar uma frase comovente, que despertasse um afeto pequeno, colorido. Eu recorro aos registros sonoros abandonados e corrompidos, que sobreviveram à degradação material, como se por meio deles pudesse recuperar a oralidade. Nunca encontrei arquivos de mim.

A cada pulso eletromagnético do implante que me habita a cabeça preciso comparecer ao descompactador do bolsão trinta e dois. É uma espécie de escravidão compulsória estarmos aqui. Os dados que coleto nessa terra derradeira são enviados para as estações transitórias. Será que você quer saber sobre o que eu faço? Em todo o caso, imagino que esteja curiosa a respeito de como transcorre meu dia e essa é a única informação autêntica que posso lhe dar, já que não guardo nada por mais de doze horas consecutivas. É esse o tempo que tenho para lhe dirigir meus pensamentos. Confesso estar um tanto agitado com a possibilidade de estarmos realmente conversando, nesse seu exato momento.

Não tenho clareza sobre a serventia de todas as experiências praticadas conosco. O que me resta aqui é sobrevivência por link indeterminado. As habitações em ruínas, que inicialmente foram tomadas por plantas de todo tipo, agora estão um tanto sóbrias. Meu abrigo está a meia altura, com sacada e vista para o nada. Sinto fome e preciso caçar para que esse desconforto seja aliviado. Essa prática ancestral é considerada habilidade prioritária. Às vezes me pergunto se estou no mesmo futuro dessa espécie evoluída o suficiente para se mudar de planeta. Por favor, não se assuste com essas minhas descrições. Por escrito, assim no susto, tudo pode parecer muito pior. O que eu quero lhe dizer é que sem você eu não teria sobrevivido, eu não teria chegado até o final. E espero que isso signifique alguma coisa, embora eu seja apenas a réplica de um desconhecido, que você encontrará ainda menino.

A iminência do desligamento tornou a busca por você uma intenção mais que algorítmica e ativou definitivamente a minha área psicoemocional residual – um tanto comprometida, eu confesso. Para qualquer movimento fora dos padrões do sistema que me condiciona é necessário criar mecanismos ocultos, como se abríssemos pequenas caixas pretas em uma linguagem indecifrável. E isso é tarefa das mais árduas, mas é dela que me ocupo para salvar o que já se soube que existiu aqui. A vantagem é que o interesse pelas coisas aqui embaixo caiu drasticamente, estamos às moscas – espero ter empregado corretamente essa expressão, encontrei-a em um dicionário de Portugal enquanto procurava pistas suas.

Eventualmente, subo no terraço mais alto do meu mundo delimitado. Deito de costas e procuro qualquer sinal de outra vida habitando esse momento. Em uma noite muito escura ouvi o que parecia ser um pássaro. O som era muito distante, mas nítido. Mantive os olhos fechados, desejando que ele emitisse aquele lamento mais uma vez. Nunca se repetiu e eu salvei essa memória em um espaço não detectável para poder dividi-la com você – assim como tantas outras que descrevo nesta carta como se fossem minhas. Em franca desobediência, e talvez impaciência de minha parte, desafio o sistema com informações codificadas para evitar que as acessem durante a transmissão habitual de dados. Isso para resguardar o que tenho pesquisado em sua direção – embora o progresso dessa iniciativa tenha sido quase nulo. Por essa indisciplina poderei ser completamente desligado, sem aviso prévio. Seria um apagão indolor.

Enquanto desconheço meu destino, afio as unhas perfuratrizes e saio à caça do almoço. Elas permitem uma morte rápida do animal abatido. Em contrapartida, tenho menos força para segurar ou carregar presas maiores. Por esse motivo, evito trazer mais do que o necessário para um dia. Se consigo alimento extra, enterro no gelo - mas nem sempre o encontro novamente. Lamento ser explícito ou desagradável nessa parte, mas com o passar das horas, começo a duvidar de que conseguirei algum êxito nessa comunicação com você. Acabo filtrando menos as palavras, acho que me importo em morrer e minha pele segue esverdeando. Ao contrário das árvores, todas mortas, lançando seus braços negros e quebradiços ao céu. Se você ainda tem a chance de estar entre elas, penso que deva estar feliz. Aqui, parecem querer sair de onde estão. Adquiriram um tom fosco que chega a ser bonito, ou assim me pareceu em registro de outrem.

Há um tempo não deparo outros híbridos. Quando encontro seus corpos costumo retirar os implantes para conhecer suas memórias – foi assim que soube das árvores. A maioria escolhe lembrar da infância, talvez por ser esse tempo em que sabemos de tudo e ainda assim escolhemos a leveza, mesmo nas cirandas áridas. Não me dizem nada, mas acabo absorvendo um pouco delas, mantendo cópias em códigos não rastreáveis para revisitar quando tenho esta vontade inerente de saber mais. Por diversão, os devolvo embaralhados em corpos aleatórios, como se pudesse oferecer um tipo novo de entretenimento aos inanimados. Não me sinto bem com isso, tiro-lhes a possibilidade de levarem consigo o único bem que conseguiram adquirir na vida. Esses *frames* poderiam me perseguir como uma espécie de culpa. No entanto, os pulsos também nos extraem o que se costumava nomear peso na consciência. Em todo o caso, se você ainda segue essas linhas pode estar confusa ou, pior, entristecida com tudo o que escrevo. Isso sim, está a me causar certo arrependimento.

Faltam sessenta minutos para meu inadiável fim. Apelidei de zênite o intervalo de doze horas que marca o cronômetro em meu braço. Não se usa chorar por economia de fluidos e emoções extremas desabilitadas. Se houvesse essa possibilidade estaria em prantos. Nossa memória segue em *looping* e continuo embrenhado em registros para encontrá-la, carregando e descarregando arquivos o mais rápido que posso, vasculhando cada *byte* que tenha a mínima chance de nos conter. Uso palavras-chave e uma data aproximada que não tenho a mínima certeza de estar correta. Mas como você foi escaneada no momento da tentativa de embarque, quem sabe. É nessa pequena informação que me apego – embora apego não seja uma palavra adequada para uma meia pessoa como eu.

Ainda que eu não tenha a exata noção do que é o amor, em um mundo como o meu é possível renomear praticamente tudo. Invento palavras para atribuir a mim mesmo uma existência única. Recebi o último pulso de vida e a ordem era seguir até o bolsão trinta e dois para o desligamento. No entanto, parti em direção contrária, para o único lugar onde ainda não a procurei. O risco de ser apagado inesperadamente no meio do caminho me fez correr como se eu sentisse medo da morte. Não reconheci quase nada no percurso, mas o sistema de localização apontava o elevador espacial do meu quadrante como destino final, à esquerda. Senti algo prestes a se romper. Meus pés formigaram em uma reação biológica completamente nova. Pude ouvir o mecanismo do meu corpo como se ouve uma bomba relógio. Você me acompanha? Os passos ditavam um ritmo de dança frenética que eu apelidei instintivamente de desespero. As memórias de outros que visitei sem permissão não estavam mais comigo, mas senti como se eu as carregasse. Penso que foi esse o prazer que nos negaram quando não pudemos seguir com os demais. Um sabor umami inundou minha língua inexistente. O ar, que sempre esteve parado, se deslocou para minha passagem. E eu imaginei que você fosse esse vento a me empurrar.

O túnel que dava acesso a base de lançamento onde nos encontramos estava a cinco passos. Frio como eu me lembrava. Depois de tanto impulso, não estava mais com pressa, mas não quis parar. Entrei como quem adentra um casulo, como se fosse um menino, como se estivesse de mãos dadas com os meus pais. Foi aqui que você olhou para mim como quem sabia quem eu era, antes mesmo de eu ser. No meio da estrutura cinza arqueada, um amontoado de híbridos desativados contraluz me fizeram parar. Pareciam estar ali há muito tempo, não eram mais reconhecíveis. Notei que não havia unhas nas suas mãos e as cabeças apontavam para igual direção. Fiz o mesmo. A imagem de um menino está desenhada no concreto, sulcos supostamente cavados por unhas muito afiadas. Recebo sua mensagem e não é mais necessário economizar líquido.

Inácio.

SOBRE A AUTORA

Daniélle Carazzai é curitibana, jornalista e "O Menino Chuva" foi seu primeiro conto publicado em uma coletânea infantojuvenil do Sesc PR, em 2018. Foi co-autora de duas publicações da Montenegro Produções, "A História das Estórias" e "Vida - Histórias da Pandemia", ambas lançadas em 2021. Em 2022, foi a autora estreante selecionada pelo Projeto Pé de Amora para compor a caixa inaugural do clube de assinaturas Amora, com o conto "Coração (In)divisível". Autora selecionada para a antologia "Cartas para o futuro", pelo selo Off-Flip neste mesmo ano. Escreve a coluna Conexão Arte da Revista Casa Sul, é artista visual e fundadora do Estúdio Boitatá. "Aqui tudo é pouco" é seu primeiro livro de contos.

Este livro foi produzido no Laboratório Gráfico
Arte & Letra, com impressão em risografia
e encadernação manual.